CB009798

A HISTÓRIA DE

Os noivos

CONTADA POR

UMBERTO ECO

A HISTÓRIA DE

Os noivos

de Alessandro Manzoni

ILUSTRADA POR

MARCO LORENZETTI

TRADUÇÃO DE

ELIANA AGUIAR

1ª edição

Rio de Janeiro | 2012

CIP-BRASIL. CATALOGAÇÃO-NA-FONTE
SINDICATO NACIONAL DOS EDITORES DE LIVROS, RJ

E22n

Eco, Umberto, 1932-
Os noivos / Alessandro Manzoni; contada por Umberto Eco; tradução de Eliana Aguiar; ilustrada por Marco Lorenzetti. – Rio de Janeiro: Galera Record, 2012.
il.

Adaptação de: I promessi sposi / Alessandro Manzoni
ISBN 978-85-01-09787-3

1. Literatura juvenil. I. Manzoni, Alessandro, 1785-1873. I promessi sposi. II. Aguiar, Eliana. III. Lorenzetti, Marco. IV. Título.

12-7071 CDD: 028.5
CDU: 087.5

Título original em italiano:
I promessi sposi

Texto revisado segundo o novo Acordo Ortográfico da Língua Portuguesa.

Ilustrações: Marco Lorenzetti

Projeto gráfico: Mucca Design

Adaptação de capa original e composição de miolo: Renata Vidal da Cunha

Direitos exclusivos de publicação em língua portuguesa somente para o Brasil
adquiridos pela
EDITORA RECORD LTDA.
Rua Argentina, 171 – Rio de Janeiro, RJ – 20921-380 – Tel.: 2585-2000,
que se reserva a propriedade literária desta tradução.

Impresso no Brasil
ISBN: 978-85-01-09787-3

Seja um leitor preferencial Record.
Cadastre-se e receba informações sobre nossos lançamentos e nossas promoções.

Atendimento e venda direta ao leitor:
mdireto@record.com.br ou (21) 2585-2002.

Um

Era uma vez...

— Um rei! —, dirão imediatamente os pequenos leitores acostumados às fábulas. Não, senhor, quem começa desse jeito é *Pinóquio*, que é um maravilhoso conto de fadas, enquanto a história que vamos contar agora é quase verdadeira. Digo "quase" porque a pessoa que resolveu contá-la, o Sr. Alessandro, um nobre milanês de mais ou menos duzentos anos atrás, cujo belo rosto lembrava a cara de um cavalo triste, garante que a encontrou num amarrado de papéis velhos que, hoje, teriam pelo menos quatrocentos anos, pois a nossa história se passa em 1600 e poucos.

Portanto, vamos começar tudo de novo. Sim, aqui também era uma vez um rei, que era o rei da Espanha, mas que nunca aparece na história ou só muito de longe. Em vez disso, aquela era a vez de um padre muito medroso, mas tão medroso que bastava o vento bater uma persiana que ele se borrava de medo (desculpem a expressão meio vulgar, que vocês não devem usar nunca, mas eu posso, pois o nosso padre era realmente medroso a esse ponto).

Mas como?, perguntariam vocês. Um padre não deve seguir os preceitos do Evangelho e ser bom, generoso e corajoso na defesa de seus paroquianos? Não lemos hoje tantos relatos de padres que foram até mortos por lutar contra os mafiosos e os camorristas? Pois é, só que o escritor com cara de cavalo, mesmo sendo um bom cristão, sabia que os homens podem ser corajosos ou medrosos, independentemente das exigências da profissão de cada um. E sabia também que, naquela época, muita gente virava padre ou monge (ou freira ou monja) não porque tinha vocação ou um verdadeiro espírito de sacrifício, mas porque eram tempos de grande miséria, e, para uma pessoa pobre, ser padre ou monge (ou freira ou monja) era um jeito de garantir que, pelo resto da vida, talvez não pudesse esbanjar muito, mas certamente não morreria de fome. E assim, alguém que não dava a menor bola para o Evangelho podia muito bem se tornar um padre e cuidar apenas de sobreviver.

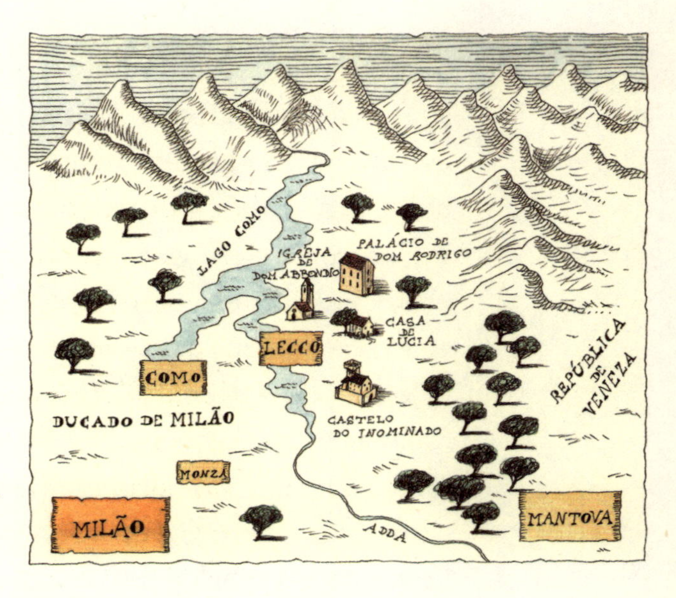

Eram tempos difíceis. A maior parte da Lombardia, onde se passa a nossa história, estava sob o domínio dos espanhóis, os quais contavam com o apoio de uma série de nobres, grandes e pequenos, que, em troca, ganhavam o direito de cometer várias arbitrariedades. Viviam muitas vezes em Milão, mas também em casteletes e palacetes a pique sobre diversas aldeias, defendidos por seus *bravos*.

Mas quem eram esses bravos, ou talvez, *metidos a bravos*? Hoje, seriam chamados de seguranças, mas, atenção: eram uns verdadeiros capangas, que haviam aprontado poucas e boas. Recrutados por fidalgos da baixa nobreza, ou fidalguetes, escapavam da prisão ou até da força e, em compensação, mostravam-se prontos para fazer qualquer coisa que suas excelências tivessem em mente — e as arbitrariedades raramente aconteciam entre um senhor e outro, mas na maioria, entre um senhor e a gente humilde.

Reconhecer um bravo era fácil: além da cara, que dava medo só de olhar, e do arsenal de punhais, espadas e mosquetões (verdadeiras escopetas, fuzis do tamanho de um canhão) que carregavam consigo, eles prendiam os cabelos com uma rede a fim de esconder um enorme topete que usavam para cobrir o rosto quando precisavam cometer algum abuso, de modo que ninguém pudesse reconhecê-los.

Resumindo: se quiserem ter uma ideia de como era um desses bravos, pensem nos filmes de pirata. Pois bem, diante de um bravo, os homens do Capitão Gancho parecem anjinhos pendurados no telhado da cabana do presépio.

Certa noite, o padre medroso de que falávamos, que se chamava

Dom Abbondio e era pároco de uma aldeia às lindas margens do lago Como, voltava tranquilamente para casa quando encontrou dois bravos, com todo o jeito de estarem esperando justamente por ele. Só de vê-los, Dom Abbondio quase fez aquilo que eu disse antes e que, por boa educação, não repito.

Sejamos breves, assim como foram os bravos.

— Reverendo, o senhor marcou para amanhã o casamento daquela moça, Lucia Mondella, com aquele rapaz que se chama Lorenzo ou Renzo Tramaglino. Pois bem, nada de casório, do contrário alguma coisa muito ruim pode lhe acontecer — disseram eles. E nem precisaram explicar a Dom Abbondio o que poderia acontecer com ele, porque os dentes pontiagudos que exibiam sorrindo como dois tigres deixavam bem claro que se tratava de uma punhalada, de uma escopetada ou das duas coisas.

Dom Abbondio tentou protestar, mas os bravos disseram que vinham em nome de Dom Rodrigo.

Dom Rodrigo! Só de ouvir aquele nome, as vísceras e a pulsação de Dom Abbondio estremeceram. Era um dos fidalguetes de que falei, mas talvez o pior deles, o mais prepotente e violento. E por que Dom Rodrigo não queria que

Renzo e Lucia se casassem? Se não entendeu logo, Dom Abbondio ficou sabendo depois, quando falou com a própria Lucia. Dom Rodrigo era, como se diria hoje, um "valentão" que tinha prazer em exercer sua prepotência contra os mais fracos. E, exatamente como fazem os valentões modernos quando se cansam de ficar encostados em suas motocicletas, gostava de incomodar as moças que passavam pela aldeia voltando do trabalho como fiandeiras. Dom Rodrigo decidiu atormentar Lucia, imaginem com que tipo de elogios, e ela passava direto, sem responder. Pois agora, Dom Rodrigo não queria apenas se vingar, mas também impedir que, se casando, ela conseguisse fugir de seu assédio e suas garras.

Ao chegar em casa, sentindo-se morrer por dentro, Dom Abbondio desabafa com sua governanta, Perpetua, que o aconselha a denunciar o fato ao arcebispo de Milão, que tinha fama de ser um protetor dos pobres, capaz de sanar todas as injustiças. Mas até disso Dom Abbondio tinha medo. Passa uma noite infernal, e na manhã seguinte, quando Renzo se apresenta para acertar os últimos detalhes do casamento, enfileira uma série de desculpas sem sentido, sapeca umas palavras em latim que o pobre infeliz não consegue entender e arremata dizendo apenas que, feitas as contas, é muito melhor que ele e Lucia não se casem.

Renzo é um bom rapaz, mas tem seu temperamentozinho. Consegue fazer Perpetua abrir o bico e descobre que na origem de toda aquela confusão estava Dom Rodrigo. Corre para contar tudo a Lucia e sua mãe, Agnese, e, assim, fica sabendo das investidas daquele safado. Renzo não tem somente o pavio curto, mas também um punhal na cintura, e deixa no ar que pretende ir ao palácio de Dom Rodrigo e fazer um estrago. Imaginem só: sozinho contra uma manada de bravos, justo ele que nunca havia tocado num fio de cabelo de ninguém. Tinha perdido a cabeça.

Agnese consegue convencê-lo de que era melhor pedir ajuda a um advogado das redondezas, tão manhoso na solução dos casos mais difíceis que tinha o apelido de *Azzeccagarbugli*, uma espécie de "descasca-abacaxis". Ele vai e leva consigo dois capões, bichos castrados, para dar de presente. Como não consegue se explicar direito, o advogado, pensando que se trata de mais um bravo, se prontifica a dar um jeito de suspender sua prisão e, para se dar ares

de importância, empilha palavras difíceis e frases em latim. Porém, finalmente, quando entende que Renzo está pedindo justiça contra o mais poderoso senhor do local, *Azzeccagarbugli* o expulsa de casa e, quem diria, até devolve os capões. Afinal ele próprio é conselheiro de Dom Rodrigo — sabe-se lá em que histórias tenebrosas! — e não quer saber de confusão com os poderosos.

Dois

Com esses primeiros acontecimentos já dá para perceber que tipo de história o nosso Sr. Alessandro começa a contar: existem no mundo os poderosos e os pobres coitados, que sofrem com seus abusos. Para calar a boca dos pobres, os poderosos usam seus bravos, que falam a língua das armas, ou seus conselheiros, que tratam de confundi-los com o latim, visto que, em geral, os pobres não sabiam ler nem escrever. Naqueles dias, o latim não era apenas a língua da Igreja, mas também do direito e da ciência em geral.

Mas, agora, podemos dar um suspiro de alívio, com o Sr. Alessandro, que, como já disse, era um bom cristão: se havia os sacerdotes covardes e medrosos, havia também, felizmente, os corajosos. Nossos pobres amigos pedem ajuda a um certo padre Cristoforo, do convento vizinho de Pescarenico.

Esse Cristoforo, quando ainda se chamava Lodovico, tinha sido um homem de armas muito sinistro. Não era nobre, mas filho de um rico comerciante que permitia que vivesse na boa vida. Também era dado às suas prepotências, até o dia em que teve uma briga sobre uma questão que hoje nos faria rir, mas que então podia justificar um duelo, ou seja, uma questão de *honra*: se duas pessoas se encontram na mesma calçada, quem deve dar passagem?

Tendo Lodovico cruzado com um Fulano, o Fulano disse:

— Saia da frente!

— Não — respondeu Lodovico —, vossa senhoria que saia da frente, porque eu estou do lado direito.

E o Fulano:

— Ah, é? Com gente como vossa senhoria, a direita é sempre minha!

E passando de maneira insultante a chamá-lo de você:

— Chegue para lá você, mecânico ordinário, que vou lhe ensinar como é que se trata um fidalgo!

"Mecânico ordinário, eu?", pensou Lodovico indignado, porque, na época, chamar alguém de mecânico, ou seja, um ser desprezível que trabalhava com as próprias mãos, era uma tremenda ofensa, na boca dos aristocratas que viviam sem fazer nada. Ele reagiu:

— Vossa senhoria mente ao dizer que sou um mecânico ordinário!

— Não, quem mente é você ao dizer que menti!

E assim por diante, pois essa troca de cortesias fazia parte de um ritual a ser cumprido antes de se sair no braço propriamente, ou melhor, na espada. Se vocês acharem que parece coisa de doido, pois bem, era mesmo coisa de doido, mas se os fidalgos da época ouvissem o que dois motoristas dizem hoje um ao outro por conta de uma batida de para-choques, falariam que os doidos somos nós.

Em todo caso, o século XVII não era só a época de muitos filmes de piratas, mas também de muitos filmes de mosqueteiros. Dito e feito: os dois tiram

suas espadas e, enquanto os bravos se atracam uns com os outros e a gente comum corre para assistir ao espetáculo, o tal Fulano transpassa com sua lâmina o corpo de Cristoforo, um velho e fiel servidor de Lodovico. Lodovico perde a cabeça e abate o inimigo sem dó nem piedade. Acabava de matar um homem!

Naquele tempo, para fugir da prisão, era comum se refugiar numa igreja ou num convento, e Lodovico encontra abrigo no convento dos capuchinhos, enquanto a família da vítima, irmãos, primos, parentes de todos os graus, percorre a cidade procurando-o a fim de vingar a afronta — nem tanto pela dor causada pela morte de um parente, mas sim pela ofensa feita ao nome da família.

Nessa altura dos fatos, Lodovico decide se ordenar padre, assumindo o nome do servidor morto: Cristoforo. Não para escapar à vingança de seus inimigos, mas porque está sinceramente tomado pelo arrependimento. Como prova de sua coragem e de seu destemor, vai imediatamente até o palácio do irmão do Fulano, que o espera com toda a parentela, para assumir a humilhação. Ajoelhando-se, Lodovico pede perdão com tanta humildade e dor tão verdadeira, que, no fim, o irmão e todos os parentes do falecido ficam comovidos e decidem que responder com o perdão seria a melhor maneira de salvar a honra da família. Mas o que o Sr. Alessandro quer sugerir (e fará isso repetidas vezes no curso de sua história) é que existe mais coragem em pedir perdão — e em perdoar — do que em se vingar.

Daquele dia em diante, padre Cristoforo dedicará sua vida à defesa dos mais fracos.

Três

Cristoforo parece ser, então, o homem certo para procurar Dom Rodrigo e fazê-lo entender que precisa deixar Lucia em paz. É o que faz. Mas Dom Rodrigo o recebe com falsa condescendência, numa mesa na qual está almoçando com outros nobres, entre os quais, vejam só, *Azzeccagarbugli* e o podestade, magistrado encarregado da polícia, ou seja, aquele que deveria colocá-lo na cadeia se o "descasca-abacaxis" tivesse cumprido com seu dever.

Em seguida, passa a tratá-lo com desprezo e diz que não precisa aturar lições de moral de um sacerdote. Naquela altura, Cristoforo, com a disposição de quem sabe que ainda é capaz de sustentar um duelo, mesmo sem espada, levanta a mão direita em sinal de ameaça, coloca a esquerda no quadril e, com um pé diante do outro, grita:

— Já não tenho mais medo de você. — É bom atentar para o fato de que, dessa vez, é ele quem passa para você, como se Dom Rodrigo fosse o mecânico ordinário que merece desprezo. — Lucia ficará sob a proteção do Senhor e a maldição desse mesmo Senhor cairá sobre esta casa!

Rodrigo o expulsa com palavras rudes, mas, como tem a consciência pesada, aquela história da maldição divina jamais o abandonará — e veremos mais tarde que não faltarão ocasiões para que se lembre dela.

Muito bem, com sua coragem, padre Cristoforo compensa a covardia de Dom Abbondio, porém, na verdade, até agora ninguém conseguiu tirar um coelho dessa toca.

Se os dois jovens já estivessem casados, poderiam fugir juntos e ir para outro lugar, pois a poucos passos de lá, em Bérgamo, termina o ducado de Milão e começa a República de Veneza. Mas, naquela época, um rapaz e uma moça que não fossem casados não podiam fugir juntos, pois a moça perderia no mínimo a reputação, e para toda a vida. Mais ainda tratando-se de alguém como Lucia, que o Sr. Alessandro mostra como uma moça totalmente dedicada à casa e à Igreja, incapaz até de encarar o noivo sem enrubescer: é claro que está apaixonada, mas não quer demonstrar, porque ele ainda não é seu marido. Se dissermos que era uma época na qual as moças "de bem" não podiam ser vistas na companhia de rapazes, vocês podem ter uma ideia de como os tempos mudaram.

O fato é que, enquanto padre Cristoforo tenta encontrar um jeito de ajudar os jovens, tanto Renzo quanto Lucia e Dom Rodrigo complicam as coisas. Como?

De um lado, Dom Rodrigo chama o chefe de seus bravos, o Griso, um nome cujo som já mete medo, e ordena que ele chame alguns bravos e trate de raptar Lucia em sua casa naquela mesma noite.

Renzo e Lucia, por outro lado, aceitam um conselho de Agnese, que tinha ouvido o seguinte: enquanto o ministro da comunhão é o padre e o ministro da crisma é o bispo, os ministros do matrimônio são os próprios noivos, ou seja, é o padre que os declara marido e mulher, mas só depois que os dois afirmarem que é isso que desejam.

Agnese sugere, portanto, que usem de alguma artimanha para entrar nos aposentos de Dom Abbondio e, diante dele, proclamem que querem se tornar marido e mulher. Nessa altura, com o padre como testemunha de sua vontade, estariam mais do que casados!

O resultado foi uma noite muito atrapalhada. Os noivos adentram sorrateiramente o gabinete de Dom Abbondio e tentam fazer a famosa afirmação que vai torná-los casados. Dom Abbondio percebe tudo a tempo, derruba a vela e com ela a mesa e corre para a janela gritando por socorro; o sacristão ouve os gritos, começa a tocar os sinos em sinal de alarme e toda a aldeia desce às ruas para ver o que está acontecendo. Enquanto isso, os bravos entram na casa de Lucia, onde obviamente não encontram ninguém, e, ouvindo os sinos a rebate, pensam que estão denunciando a invasão, e fogem desabaladamente. Passado o perigo daquele casamento meio maroto, Dom Abbondio trata de dizer aos camponeses que não era nada, apenas alguns vagabundos que tentaram forçar sua porta. Os camponeses acreditam e não acreditam, pois, nesse meio-tempo, alguém já tinha visto os dois corvos negros fugindo no meio da noite da casa de Lucia... Em suma, uma enorme confusão.

E mais. Uma pessoa de bem que trabalhava como camareiro no castelo de Dom Rodrigo tinha ouvido os planos do patrão e avisado padre Cristoforo, que, por sua vez, enviou um menino para avisar Renzo e Lucia; o menino encontrou os dois quando tentavam voltar despercebidos para casa e contou que os bravos estavam por lá. Os pobrezinhos mudaram de rumo imediatamente e foram se refugiar na casa do padre.

Aconteceria naquele lugar um fato que dividiria por um bom tempo os caminhos dos dois noivos: Cristoforo deu a Lucia uma carta de recomendação aos capuchinhos do convento de Monza e, a Renzo, uma outra para um certo padre Bonaventura do convento de Milão, pedindo que encontrasse um trabalho na cidade para o rapaz.

Enquanto uma barca atravessava o lago para levá-los para longe de uma casa que talvez nunca mais vissem, Lucia contempla na noite o perfil dos montes entre os quais passou a vida inteira e a superfície calma do lago, e chora...

Quatro

Agora a história se complica. Será possível? Sim. Renzo precisa fugir para Milão, e Lucia ficará hospedada no convento das monjas reclusas de Monza, sob proteção especial da Senhora. Só que, para Lucia, encontrar a Senhora é como sair da panela e cair no fogo, e Renzo chega a Milão bem na hora em que irrompe um terrível levante, ou revolta ou até mesmo revolução.

Mas, vamos por ordem. Quem é a Senhora? Tentem se lembrar do que comentei a respeito de Dom Abbondio: no século XVII, muitos se tornavam padres não por vocação, mas para sobreviver com tranquilidade e sem percalços. Só que Dom Abbondio e outros como ele escolheram esse destino, enquanto algumas pessoas foram obrigadas a aceitá-lo mesmo contra a vontade.

As grandes famílias, como todas as famílias do passado, tinham um monte de filhos, mas depois não queriam saber de dividir o patrimônio. Portanto, tudo passava para o filho mais velho, o título e as terras e as casas e os castelos e as outras riquezas: para os outros, nada. Como fazer para não dar nada aos filhos menores? Mandando um ser padre, a outra, freira. Mesmo que não quisessem? Exatamente.

Pois essa Senhora, que se chamava Gertrude, tinha sido condenada a ser freira, ou melhor, monja, desde pequena, tanto que, para meter na cabeça que aquele era o seu destino, só lhe davam bonecas vestidas de freira e não se cansavam de contar como seria feliz e venerada quando se tornasse abadessa, ou melhor, madre superiora — porque todas as irmãs eram iguais, porém algumas, as de famílias nobres, eram mais iguais que as outras e abocanhavam os postos mais importantes do convento.

Na escola das monjas também havia algumas moças que retornariam em seguida às suas casas para se casar e que, vaidosas como as mocinhas ricas e mimadas, conversavam entre si sobre os belos vestidos que teriam e as festas maravilhosas a que compareceriam. E Gertrude ali, se roendo.

Bem que, no último momento, quando foi mandada para casa para passar os últimos meses com a família antes de pronunciar os votos, tentou explicar ao pai que a ideia de enterrar-se num convento lhe dava horror. Mas foi tratada como uma malcriada, uma menina mimada e ingrata que queria abrir mão de um futuro maravilhoso e matar os próprios pais do coração. Em resumo, fizeram uma verdadeira lavagem cerebral. E assim, pouco antes do momento supremo, quando Gertrude foi interrogada por um bom eclesiástico, que precisava ter certeza de que sua escolha era espontânea, ela jurou, com a morte no coração, que queria se tornar freira por vontade própria, sem que ninguém a tivesse influenciado. O bom eclesiástico sabia muito bem que não era verdade, dava para ler em seus olhos, mas o século XVII era uma época cheia de hipocrisia, na qual muitas vezes contava mais a aparência que a substância, ou seja, mais aquilo que se dizia do que aquilo que se fazia.

E assim, Gertrude se tornou a Senhora do convento de Monza, sepultada para sempre entre aquelas paredes, das quais nunca mais poderia sair.

Diante das desgraças, tem gente que se conforma e tem gente que reage furiosamente, basta se lembrar de Renzo, que queria tirar o couro de Dom Rodrigo. Gertrude elaborou uma resistência fria, subterrânea, amarga, tornando-se prepotente e cruel com suas coirmãs e odiando todo mundo.

Ora, aconteceu que a janela de sua cela dava para o jardim de um certo Egidio, fidalguete da estirpe de Dom Rodrigo, e ele começou a assediá-la. Gertrude não tinha o caráter de Lucia — e depois, é sempre bom lembrar que também não havia qualquer Renzo esperando por ela... Portanto, ela cedeu ao assédio. Não sei como faziam para se encontrar, talvez alguma portinhola secreta ligasse aquela ala do convento ao jardim de Egidio, mas, seja como for, fizeram aquilo que uma monja nunca deveria fazer. Pior ainda: visto que uma jovem do convento tinha descoberto tudo e estava pronta para abrir o bico, Egidio, com o silêncio cúmplice de Gertrude, assassinou a moça e deu sumiço no cadáver. Isso dá uma ideia de como era o ambientezinho onde Lucia foi cair.

Gertrude tornou-se má porque tinha sido levada a isso por pais ainda mais maus, e sua vida destruída pode até despertar pena e vários outros belos sentimentos, mas o fato é que a segurança de Lucia foi justamente parar nas mãos de uma desnaturada como Gertrude.

Cinco

E aqui entra em cena mais um malvado, certamente o pior de todos. Vivia naqueles vales, encastelado num ninho de águia no topo dos montes, com as vias de acesso vigiadas por fileiras de bravos armados até os dentes, um fidalguete tão feroz que as pessoas tinham medo até de pronunciar seu nome. Nem mesmo o Sr. Alessandro o fez, tanto que é conhecido como o Inominado.

Esse Inominado não era apenas um devasso desavergonhado como Dom Rodrigo, era um criminoso propriamente dito, que violava as leis, ajudava os prepotentes como ele e creio que muitas de suas barbaridades eram cometidas só para que ele tivesse o prazer da própria maldade. Não saberia dizer quais e quantas aprontou, mas vocês podem comparar com alguém que, nos dias de hoje, é ligado à mafia e à camorra, faz tráfico de drogas e é chefe de uma gangue de sequestradores. E mais: comprava juízes e homens do governo (que naquele tempo eram muito corruptos), de modo que ninguém ousaria mandá-lo para a cadeia. É suficiente ou querem mais?

E como Deus os faz e os une, ele era amigo de Dom Rodrigo, que o respeitava e temia. Dom Rodrigo, aliás, não conseguia engolir a fuga de Lucia e tinha feito três coisas nesse meio-tempo. Primeiro, conseguiu seguir as pegadas dela até o convento de Monza. Segundo, para se livrar da única pessoa que ainda poderia incomodá-lo, o padre Cristoforo, Dom Rodrigo pediu a um tio poderosíssimo, e muito ouvido pelos capuchinhos, que mexesse os pauzinhos e conseguiu que o nosso amigo padre fosse transferido para Rimini — o que, com os transportes da época em que todos, à exceção dos senhores, andavam a pé, e com a inexistência de serviços postais, era como transferi-lo para um outro continente. Terceiro, procurou o Inominado e pediu um pequeno favor: que raptasse Lucia e a entregasse em suas mãos.

Vejam só a casualidade: o Inominado era, por sua vez, amigo de Egidio (porque a canalhada se ajuda entre si), e Egidio tinha sobre a Senhora aquele poder nefasto que nós sabemos. Juntem tudo e tirem suas conclusões.

A Senhora, mesmo desesperada por ter que cometer tamanha maldade contra Lucia, a quem tinha quase se afeiçoado, não pôde ou não quis desobedecer a seu perverso amigo. Fingiu que pedia um favor a Lucia, enviando-a com uma mensagem até o convento dos capuchinhos. Lucia foi e, no meio do caminho, viu uma carroça, mas nem teve tempo de ver as caras criminosas que estavam lá dentro antes que os bravos do Inominado, liderados pelo temível Nibbio, a agarrassem, a jogassem dentro do veículo e subissem com ela até o castelo.

Seis

Por favor, me desculpem, mas vou ter que saltar de lá para cá, pois esta é uma história com muitas desgraças e precisamos ver o que aconteceu com Renzo nesse meio-tempo. Ele estava chegando a Milão no momento em que uma horda de gente desesperada dava início a um ataque aos fornos de pão. O que tinha acontecido? Todo o Piemonte e a Lombardia estavam entrando naquela que ficaria conhecida como a Guerra dos Trinta Anos, embora só tenha recebido esse nome bem mais tarde, pois, no momento em que começava, ninguém poderia adivinhar que duraria tanto tempo.

Nem tentem entender agora o que estava acontecendo porque, como se diz atualmente, era uma tremenda barafunda, com os espanhóis e os alemães contra os franceses, o duque de Savoia, que ninguém entendia de que lado estava, a cidade de Casale Monferrato cercada e Mantova conquistada e saqueada.

Pois bem, naquele tempo, uma guerra era feita em grande parte por mercenários, homens que viviam de lutar por qualquer um que pagasse, mas que podiam até guerrear sem pagamento, desde que tivessem licença para saquear: quando entravam numa cidade, abatiam a população a fio de espada e esvaziavam cada casa, cada igreja, cada palácio. Portanto, por onde passavam, era como se tivesse passado uma nuvem de gafanhotos: não importava se o território invadido era amigo ou inimigo, eles devoravam tudo. Bêbados quase sempre e sanguinários por profissão.

É óbvio que uma região em guerra — atravessada por aquelas hordas de facínoras, com governantes que só pensavam em gastar em armas, sem se preocupar em calcular direito se o dinheiro e as provisões eram suficientes, e com colheitas arruinadas, pisoteadas pelos exércitos — não podia deixar de sofrer uma crise econômica, uma carência de bens de primeira necessidade, uma verdadeira escassez de tudo.

E foi por isso que os milaneses se revoltaram contra o preço do pão. Sobretudo do pão, porque os pobres só comiam os acompanhamentos muito de vez em quando, e o pão era seu principal alimento na maior parte do tempo.

No início, era impossível achar pão. Mas depois, para acalmar o povo, o governo tabelou o alimento a um preço irrisório. Os forneiros, porém, que estavam indo à falência, decidiram aumentar os preços novamente e o povo reagiu enfurecido... Em resumo, lá pelas tantas, a multidão não resistiu e partiu para saquear os fornos.

E, ao fazer isso, os saqueadores desperdiçavam mais pão e farinha do que conseguiam comer: alguns se apropriavam de sacos transbordantes de farinha, que se perdia pelo caminho, outros fugiam com grandes cestos tão cheios de pão que pelo menos um terço caía pelas ruas. E foi assim que, ao entrar na cidade, Renzo encontrou o chão coberto de listras brancas e cheio de pães que brotavam lá e cá, como se aquele fosse o país das maravilhas.

Como estava com fome, não pôde recusar dois belos pãezinhos, mas, como era um rapaz de bem, prometeu a si mesmo que pagaria por eles caso

encontrasse o dono. Imagine, no meio daquela balbúrdia... Depois, não encontrando o tal padre Bonaventura no convento em que deveria ficar, saiu andando pela cidade e, ouvindo falar de protestos e injustiças, foi se exaltando no meio daquela multidão de exaltados. Vendo que todos pediam justiça, referindo-se, é claro, à questão do pão, Renzo só conseguia pensar na injustiça cometida por Dom Rodrigo e desatou, portanto, a discursar sobre a necessidade de punir os salafrários e respeitar os direitos da gente pobre. Para quem o ouvia, parecia mesmo alguém atiçando o povo contra o governo.

Pelo menos foi o que pensou um certo espião da guarda, que, no meio daquela multidão de culpados, precisava identificar algum personagem para levar a culpa antes do anoitecer, de modo que fosse devidamente enforcado nos dias seguintes, só para servir de exemplo.

A pena de morte é assim, não se mata para punir quem fez o mal, mas para dar um aviso a quem pensa em fazê-lo no futuro. E, portanto, não importa muito se quem vai morrer é realmente culpado ou o mais culpado de todos. E se vocês não aprovam esse modo de fazer justiça, fiquem sabendo que em muitos países as coisas ainda são assim.

Pois então, Renzo parecia ser o imbecil certo, mesmo porque, seguido pelo espião até uma taberna, nosso caro rapaz começou a beber mais vinho do que seus hábitos permitiam: em poucas palavras, tomou um porre e, como acontece com os bêbados, se exaltou em seus protestos, insistiu em reivindicar a punição justa para todos os patifes, deixou escapar o próprio nome... Em suma, o espião foi fazer seu relatório e na manhã seguinte uma dupla de guardas apareceu com um comissário para prendê-lo.

No entanto, a cidade ainda estava agitada, patrulhas de revoltosos surgiam por todo lado, e os guardas pareciam mais assustados que os homens que estavam prendendo. Já livre dos efeitos do álcool, Renzo entendeu a situação e começou a gritar:

— Amigos, estão me levando preso só porque ontem, como todos vocês, pedi pão e justiça!

A multidão se comoveu, cercou os guardas, que, nessa altura, empalideceram apavorados e só queriam saber de fugir para bem longe dali. De fato, conseguiram escapar, deixando Renzo livre para desaparecer como se tivesse asas nos pés.

Renzo consegue sair da cidade, e seu único pensamento é chegar ao rio Adda, onde termina o ducado de Milão e começa a República de Veneza. Ele tem medo de perguntar qual o caminho certo e, quando para numa taberna, ouve um comerciante vindo de Milão contar que a polícia está caçando um perigoso bandido estrangeiro que defende a morte de todos os senhores ("E como a gente pobre viveria se todos os senhores fossem mortos?", lamentava-se o comerciante, que, com a profissão que exercia, sentia-se mais à vontade com os ricos do que com os pobres). Além disso, os gendarmes tinham encontrado um maço de cartas (e era apenas a cartinha que padre Cristoforo tinha lhe dado para entregar ao padre Bonaventura!) no bolso do forasteiro, prova de que tinha sido enviado sabe-se lá por quem para provocar tumulto etc., etc.

Aterrorizado, banido de Milão e correndo o risco de ser enforcado caso o encontrassem, Renzo consegue chegar, depois de muitas travessias, à região de Bérgamo. Lá, seu primo Bertoldo lhe arranja um bom trabalho, e lá também o deixamos para voltar a seguir a desventurada Lucia.

Sete

Aqui teremos, na verdade, de ver tanto o que acontece com Lucia quanto com o Inominado na mesma tarde e na mesma noite — pois vocês já devem ter percebido que o Sr. Alessandro conta suas histórias como se fossem um filme, seguindo vários personagens ao mesmo tempo, mostrando um e voltando atrás em seguida para que o leitor veja o que o outro tinha feito no mesmo período.

Lucia é conduzida ladeira acima até o ninho de águia e, cada vez mais aterrorizada, suplica aos raptores que a deixem sair, tanto que Nibbio, embora fosse um sujeito cascudo, mais que acostumado às piores barbaridades, quase se compadece.

Por uma janela do castelo, o Inominado vê a carroça subindo a encosta com sua presa e sente um certo não sei quê, como se estivesse fazendo alguma coisa errada. Será possível, num tipo como aquele?

O fato é que ele desce para conhecer Lucia, que se joga a seus pés e implora para que a liberte, dizendo uma frase que ele nunca tinha ouvido em toda a sua vida: "Deus perdoa tantas coisas por um ato de misericórdia!"

O Inominado se retira, prometendo que não vai lhe fazer mal e adiando qualquer conversa para a manhã seguinte. Lucia passa uma noite de terror e, não sabendo a quem recorrer, faz uma promessa a Nossa Senhora: se conseguir se libertar daquela tortura, desiste do casamento e se dedica ao serviço da Virgem Maria.

Uma noite ainda mais terrível passa o Inominado, muito perturbado com a visão de Lucia. A moça, que até então parecia indiferente, uma santinha, uma camponesinha do tipo que ia de casa para a igreja, da igreja para casa, bonitinha, talvez, mas certamente cafona, devia ser dona, na verdade, de um grande fascínio feito de inocência, doçura e suavidade (e beleza, quem sabe), para ser capaz de inspirar sentimentos nobres num espírito tão corrompido. O que acontece é que aquele homem de coração de pedra começa a sentir piedade e remorso.

Se isso parece inverossímil, devemos pensar numa coisa que o Sr. Alessandro pretende sugerir com sua história: as pessoas certamente se tornam covardes ou más por causa das circunstâncias e do jeito com que o mundo vai ficando. Dom Abbondio se torna padre sem vocação, porque os pobres não têm muitas alternativas para sair de sua situação; Gertrude é má porque a lei de sucessão era o que era e porque seus pais eram "filhos de seu tempo"; Dom Rodrigo era um descarado autocomplacente porque uma sociedade baseada nos privilégios o fez assim, e talvez até os bravos tenham se transformado em bandidos empurrados pela miséria. No entanto, as pessoas não são formadas apenas por circunstâncias externas: têm uma consciência moral, são responsáveis pelos próprios atos, ouvem os chamados da consciência e, se tivessem tido forças para segui-los, Dom Abbondio não teria se comportado como um covarde, Gertrude como uma criminosa e Dom Rodrigo como um prevaricador. A prova disso é que o Inominado consegue dar ouvidos à voz de sua consciência.

De repente, compreende que sua vida de crimes foi inútil e sem sentido. Em seguida, percebe que todos no vale deslocam-se para uma aldeia vizinha, a qual recebe a visita do arcebispo de Milão, cardeal Federigo Borromeo, que dizem que um dia será santo. "O que tem esse homem para alegrar assim toda a gente?", rumina consigo mesmo o Inominado e, levado por um impulso que nem ele sabe explicar, decide procurar o arcebispo.

Tudo bem, também acho essa conversão um pouco repentina, mas o Sr. Alessandro tinha fé nos milagres e, se por acaso alguém não acreditar em milagres, pode pensar que essa mudança já amadurecia no coração do Inominado havia muito tempo, só que ele ainda não tinha percebido.

Em resumo, o patife corre direto para o cardeal e, assim que entra no palácio, com o espadão, o punhal e as pistolas na cinta e a carabina a tiracolo, todos os párocos que lá estavam para render homenagem a seu arcebispo fazem o sinal da cruz, tremendo feito varas verdes. Mas, ao saber que o Inominado deseja vê-lo, o cardeal ordena

imediatamente que o façam entrar, recebendo-o com grande alegria e afeto, como se já soubesse (e talvez aquele diabo de santo já soubesse mesmo) que vinha para confessar seus pecados e declarar que dali em diante pretendia dedicar a vida a reparar todo o mal que tinha praticado.

Dito e feito: o Inominado é iluminado (desculpem o jogo de palavras) pela graça, e a primeira coisa que conta ao cardeal é seu terrível ato contra Lucia. Portanto, de comum acordo com o cardeal, retorna para libertá-la, e, para acompanhá-lo nessa missão, o cardeal pesca o nosso Dom Abbondio entre os padres que esperam em seu salão, para que a moça veja pelo menos um rosto amigo. Ao menos é o que pensa o cardeal, que ainda não sabe qual foi o papel de Dom Abbondio naquela história toda. Mais tarde, quando ficar sabendo por Lucia e sua mãe do comportamento do pároco, vai lhe passar um sermão daqueles que a pessoa tem vontade de sumir.

— Mas como o senhor não sabia que um pároco deve saber se sacrificar pelo bem de seus paroquianos? Como não pensou em vir me avisar das ameaças recebidas? Nunca lhe ensinaram que essa batina que o senhor usa exige dedicação, sacrifício, coragem? — dirá o cardeal.

Imaginem... Dom Abbondio murmurava consigo mesmo: “Claro, para um santo tudo é fácil, mas também não é ele que vai aparecer com um buraco na barriga feito pelos bravos; ah, se esse santo homem se pusesse no meu lugar um pouquinho... afinal, quem encarou aquelas caras assustadoras fui eu e não ele...; hum, enche de abraços aquele demônio e para mim todo esse escândalo por causa de uma mentirinha dita para salvar a pele...” É evidente que não dizia nada disso; ao contrário, pedia desculpas, dizia que talvez tivesse se equivocado, inclinava a cabeça — um sujeito que tem medo de tudo, certamente também tem medo de um cardeal. Mas depois, já em casa, viveu durante meses temendo que os noivos aparecessem para pedir que os casasse, com Dom Rodrigo bem ali do lado, em seu palacete, pronto para mandar os bravos de novo. Em suma, medroso era, medroso continuou a ser.

Portanto, dá para imaginar aquela manhã, quando o cardeal resolve enviá-lo àquele maldito castelo em missão e ainda por cima na companhia de um carniceiro, em cujo arrependimento não acredita nem um pouco. Dom Abbondio sobe a montanha no maior tremelique, com um medo louco de que o sujeito mude de ideia de uma hora para outra e fique ainda pior do que já era antes.

Oito

Seja como for, a expedição acaba bem. Lucia está livre, Agnese, sua mãe, vai se encontrar com ela, o Inominado manda que lhe entreguem um dote de cem escudos de ouro e as duas pobrezinhas nunca tinham visto tanto dinheiro junto.

No entanto, voltar para a aldeia é perigoso, e Lucia é recebida como dama de companhia por um certa dona Prassede. Nesse meio-tempo, chega a notícia de que Renzo desapareceu além da fronteira, procurado por atividades que hoje chamaríamos de terroristas: quanto mais tempo ele fica sumido, mais rápido correm os boatos, que agora dão a impressão de que ele foi o único responsável por todas as desordens em Milão. Diante disso, dona Prassede encasqueta que precisa convencer nossa boa Lucia a tirar aquele safado da cabeça. Lucia defendia o amado, mas sabia que agora, por causa da promessa, não podia amá-lo mais e precisava realmente esquecê-lo. Desesperada, conta tudo à mãe.

Agnese tinha encontrado o paradeiro de Renzo e decidiu lhe escrever uma carta, enviando a metade do dote, quase como uma compensação, e contando sobre a promessa. Mas Agnese não sabia escrever e ditou a carta a alguém que, de toda aquela história, compreendeu o que podia e escreveu do seu jeito. A carta chegou a Renzo, que não sabia ler, e quem leu para ele não entendeu muito bem o que Agnese dizia e quando repetiu (do seu jeito), Renzo entendeu menos ainda. E assim, o pobre rapaz concluiu que Lucia não queria mais saber dele. Desesperou-se, querendo descobrir o porquê. Pensou em voltar a Milão para esclarecer as coisas, mas tinha medo de ser preso.

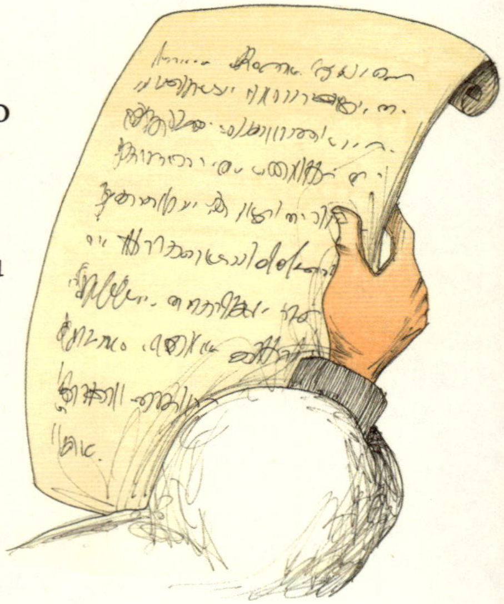

Em suma, naquela altura dos acontecimentos a situação estava cada vez mais dramática quando, ainda por cima, chega (golpe de cena, tchan, tchan, tchan, tchan) a peste, ou melhor a Peste, com letra maiúscula; um flagelo de proporções gigantescas.

E não podia ser diferente. Milhares e milhares de mercenários sujos e cheios de infecções atravessando aldeias e campos, fazendo suas necessidades ao longo dos caminhos, e confrontos sangrentos com mortos caídos no chão, que ninguém se preocupava em sepultar: estão dadas as condições ideais para a difusão de uma pestilência. E a pestilência teria se espalhado bem menos se as pessoas se preocupassem e tomassem todas as precauções higiênicas necessárias. Mas, naquele tempo, a higiene era o que era e só mais tarde alguns cientistas, a quem, aliás, ninguém dava ouvidos, levantariam a hipótese de que talvez as pestes fossem decorrentes de animaizinhos minúsculos (ou seja, os micróbios).

Por outro lado, a ideia da peste causava tanto pavor que, durante um tempo, a maior preocupação, não apenas das pessoas comuns, mas também das autoridades, era negar que ela existisse. Quando surgiram os primeiros cadáveres, disseram inicialmente que se tratava de uma febre por causa das emanações dos pântanos. Depois, outros testemunhos foram chegando, mas o governador de Milão precisava pensar na guerra em curso e não em febrezinhas de nada. Por fim, alguém viu pela primeira vez um bubão, e aquele calombo azulado, que geralmente aparecia nas axilas, era definitivamente o sinal indiscutível da peste. Apavoradas, as autoridades proclamaram a urgência de uma grande procissão na cidade a fim de implorar pela ajuda divina, sem pensar que colocar milhares de pessoas juntas, uma em contato com a outra, era a melhor maneira de espalhar o contágio.

E como não bastasse, mesmo diante dos bubões, em vez de falar de peste bubônica, os médicos mais estúpidos ainda se limitavam a falar em "febres pestilentas". Como se mudando a palavra, mudassem a coisa.

Mas vocês precisam botar na cabeça — e o Sr. Alessandro faz isso muito bem — que, se muitas vezes os maus fazem as coisas andarem mal, com muito mais frequência os responsáveis são os estúpidos.

Quando ninguém mais podia negar a existência da peste e as pessoas caíam mortas no meio da rua, então toda a Lombardia enlouqueceu: não podendo mais negar a terrível realidade, começaram a se perguntar de quem era a culpa. A culpa é nossa, deveria dizer cada um, de quem não soube reconhecer a epidemia imediatamente, de quem não começou a tempo a prevenção, as defesas, os tratamentos, os saneamentos. Mas é sempre difícil dizer "a culpa é minha". E assim nasceu o boato dos untores, ou seja: começaram a pensar que pessoas malignas, talvez agentes inimigos ou enviados do diabo, circulavam pela cidade espalhando nas paredes, nas portas, em toda parte, os venenos que difundiam os germes da peste.

Assim, enquanto as pessoas morriam cada vez mais, e o hospital dos empestados, o lazareto, se enchia de maneira incrível, todos tratavam de ficar de olhos bem abertos para identificar os malditos untores. Alguém achou que vira alguém untando alguns bancos no Domo e os bancos foram levados para o átrio e lavados, mas o povo, ao ver aquele monte de madeira, começou a dizer que todos os bancos da catedral tinham sido untados. Numa outra manhã, descobriram uma sujeira amarelada nas portas e muralhas. Talvez fosse uma brincadeira macabra ou, muito provavelmente, aquilo já estava sujo havia muito tempo, só que ninguém tinha dado atenção. Mas uma loucura coletiva tinha explodido e todos cujas roupas pareciam estrangeiras eram vistos como untores: é sempre mais fácil odiar um estrangeiro do que um vizinho de casa. Um velhinho foi linchado porque espanou um banco. Se alguém pedia uma informação na rua tirando o chapéu, logo gritavam que escondia na cabeça a poeira venenosa que seria lançada sobre as vítimas. Um outro tocou a fachada do Domo para experimentar a consistência da pedra e a multidão se jogou em cima dele, desembestada.

Para aumentar o terror, a cidade estava cheia de *monatti*, personagens vestidos de vermelho que eram encarregados do transporte dos cadáveres para as fossas comuns, os quais acreditavam que a melhor forma de escapar do contágio era beber sem parar. E assim, permanentemente bêbados, atravessavam a cidade em cima de suas carroças, sentados sobre montanhas de cadáveres, fedendo

com o mau cheiro de todos aqueles mortos,
depredando a casa dos doentes que vinham buscar,
às vezes ainda vivos. Alguns diziam que eles
contribuíam para difundir o contágio jogando
os trapos dos empestados nas ruas porque a peste
tinha se transformado em seu ganha-pão.

Nove

Pois bem, as cenas horripilantes se sucediam, cada família tinha seus mortos e moribundos, e é nesse cenário de desolação que Renzo aparece de novo. Renzo teve peste, conseguiu se curar porque era um rapaz muito forte e, depois disso, não corria mais risco de contágio. Pensou que, com tudo o que estava acontecendo, ninguém se lembraria dele, e tinha razão: as autoridades tinham outras coisas na cabeça. E assim, decidiu voltar para Milão, a fim de encontrar Lucia, é claro, de quem não sabia mais nada.

Pensando que ela pudesse estar na casa de dona Prassede, foi até lá. Da janela, uma fulana lhe disse que Lucia havia sido levada para o lazareto. Depois, vendo que ele, ansioso por outras notícias, continuava a bater na porta, deu de gritar:

— Peguem o untor!

Naqueles dias, as pessoas viviam apavoradas e precisamos entender: era como se estivessem loucas.

Renzo conseguiu se salvar de uma multidão furiosa pulando em cima de uma carroça cheia de cadáveres e de *monatti* que, como sempre, bebiam. No começo, pensaram que ele fosse mesmo um untor e, portanto, alguém que pretendia contagiá-los. Depois, perceberam que era só um pobre rapaz e começaram a chamá-lo de "untorzinho" de meia-tigela.

Enojado, Renzo se livrou daquela gentalha e conseguiu chegar ao lazareto, onde agora vagava perdido, ruminando o que fazer para encontrar Lucia, viva ou morta, no meio daquela confusão imunda.

Mas eis que, quase por milagre, na porta de uma cabana, encontra com padre Cristoforo, que, aos primeiros sinais da peste, obteve uma licença para voltar à Lombardia e dedicar-se ao cuidado dos doentes. O que tinha feito sem se poupar, entendeu dolorosamente Renzo, ao ver em seu rosto os sinais do mal que o devorava.

Padre Cristoforo não tinha recebido mais notícia de Lucia e Renzo desde a sua transferência e, além disso, nem Renzo sabia direito o que havia acontecido com sua noiva nesse intervalo. Desesperado, diz a padre Cristoforo que, se não a encontrar viva, "sabe muito bem o que fazer". E pelo seu olhar, padre Cristoforo entende que Renzo ainda pensa em se vingar de Dom Rodrigo. E então, severo, quase furioso, agarra o jovem pelo braço e o arrasta para dentro da cabana.

Lá, no fundo, quase irreconhecível, com o rosto coberto de pústulas, Dom Rodrigo está morrendo.

Voltando certa manhã de uma noitada de farra com os amigos, descobriu que tinha um horrendo bubão. Apavorado com a ideia de ser levado para o lazareto, encarregou Griso, recordando todos os bens que tinha lhe dado, de procurar secretamente um médico indulgente. Mas, pouco depois, viu dois *monatti* entrarem em sua casa e percebeu que Griso, servo digno do patrão que tinha, não perdeu tempo e já esvaziava os cofres para dividir o dinheiro com as duas figuras

de roupas vermelhas que o arrastavam para fora como se já fosse cadáver. De passagem devo dizer que Griso também morreria em seguida, pois tinha tocado as roupas do patrão na cobiça de encontrar mais alguma coisa em seus bolsos, mas não precisamos nos preocupar com sua sorte, mesmo porque ele teve o que merecia.

Padre Cristoforo mostra Dom Rodrigo a Renzo, como quem diz: "Vê que o Senhor já pensou em punir esse desgraçado sem esperar por você? Trate de desistir dessa raiva e desse ódio e saiba perdoar um moribundo."

E Renzo perdoa. Livre enfim do ódio (porque odiar é um peso enorme), ele percorre o lazareto em busca de Lucia. E, mais um milagre, consegue encontrá-la, já curada, numa cabana onde cuida de uma outra doente também em processo de cura.

Lucia tem um momento de alegria ao vê-lo, mas logo se lembra da promessa feita e se retrai. Renzo grita que ela não tinha direito de fazer uma promessa que envolvia também a sua pessoa. Desesperada, Lucia diz que não pode voltar atrás e Renzo a arrasta até a cabana de padre Cristoforo. Ora, o bom capuchinho trata de explicar a Lucia aquilo que Renzo, embora fosse um tosco camponês das montanhas cuja sabedoria vinha do amor, já havia entendido:

— Não se pode fazer uma promessa que envolva o nome de outra pessoa. Você, Lucia, pode até resolver não se casar nunca, mas não depois de ter prometido sua mão a Renzo. Em poucas palavras, não tinha o direito de decidir sozinha por Renzo também. Portanto, pelos poderes a mim conferidos como sacerdote da Igreja, posso anular sua promessa se assim o desejar e me pedir.

Imagino que essa última frase foi dita por padre Cristoforo com uma certa malícia carinhosa. Era uma forma de perguntar a Lucia: "Se não fosse pela promessa, teria outros motivos para não querer se casar com Renzo?" E Lucia, apesar de todo o pudor e com aquela timidez que fez com que pensássemos que fosse uma santinha incapaz de grandes paixões, responde imediatamente que não havia outros motivos e, mesmo entre muitos rubores, declara que morre de vontade de se casar com Renzo.

O que dizer? Vai bem o que acaba bem, padre Cristoforo se despede dos dois jovens, que sabem muito bem que nunca mais o verão sobre essa terra,

e eles retornam à aldeia, reencontrando Agnese. Dom Abbondio ainda hesita antes de uni-los em matrimônio, até o momento em que se convence de que Dom Rodrigo está realmente morto: e só se convence quando o herdeiro chega para tomar posse do palácio. E como, entre outras coisas, trata-se de uma ótima pessoa, ele oferece aos esposos um belíssimo almoço de casamento.

Renzo e Lucia, com Agnese, resolvem se transferir definitivamente para a região de Bérgamo, onde pouco a pouco Renzo abre um pequena oficina de fiação, sem descuidar de botar no mundo uma penca de bebês, todos netinhos de Agnese, que cobria suas bochechas de mil beijos, daqueles de deixar marca.

Assim, a história teria chegado ao fim, se não aparecesse mais uma pergunta. Ou melhor, a pergunta surge para mim, que contei a história, e gostaria de fazê-la ao Sr. Alessandro, que a contou a mim, mas ela também diz respeito aos que me leem, pelo menos os que não acharam esta história muito enfadonha.

Epílogo

A pergunta é: qual é a essência da história? É bem verdade que existem muitas histórias sem essência, mas uma história longa e complicada como esta deve ter uma moral, visto que até as fábulas, que são bem mais curtas, têm a sua. Por que o Sr. Alessandro resolveu nos contar esses acontecimentos?

Pensando bem naquilo que contou, parece mesmo que o Sr. Alessandro torce pelos pobres, sempre vítimas de injustiças, e não é nada gentil com os maus. E nós também, creio eu: será que algum de vocês torceu para que Dom Rodrigo vencesse o campeonato?

No entanto, até quase no fim, os pobres estão para perder a partida. É verdade que o cardeal hospedou Lucia na casa de uma boa senhora e que o Inominado até lhe deu um dote; mas Lucia ainda não podia voltar para casa, onde Dom Rodrigo a esperava como um abutre empoleirado num galho; Dom Abbondio continuava morrendo de medo, apesar da bronca do cardeal; Renzo permanecia exilado na República de Veneza e, fosse como fosse, Lucia não podia mais se casar com ele.

Em resumo, com exceção do Inominado, que ficou bom, os maus ainda estavam muito bem, enquanto os bons, pobrezinhos, não tinham conseguido mudar sua situação nem com uma rebelião, porque a rebelião deu para trás: quatro infelizes foram enforcados e os patrões continuaram onde sempre estiveram. O Sr. Alessandro parece amar muito os pobres, mas certamente não sabe mesmo como ajudá-los a fazer valer seus direitos. E, como justamente era um cristão bastante fervoroso, todos disseram que a moral de sua história era que devemos nos conformar e depositar a esperança apenas na Providência.

E, de fato, no fim, a Providência comparece. Mas na figura da peste.

A Peste é como uma vassoura que varre toda a sujeira: mata Dom Rodrigo e Griso, devolve a tranquilidade a Dom Abbondio, faz esquecer as rebeliões de modo que ninguém mais pensa em prender Renzo, arquiteta o reencontro de Renzo e Lucia etc., etc. Em suma, tudo acaba bem, mas a que preço! Essa Peste-Providência mata dois terços dos milaneses, manda Cristoforo e tantas boas pessoas que nada tinham a ver com a história para o outro mundo, ainda que fosse o Paraíso. E se Renzo e Lucia deviam agradecer à Peste por tê-los ajudado, teriam também que admitir que a Providência é uma força terrível, que não olha ninguém no rosto e a toda hora joga os bons e os maus, todos juntos, na mesma fossa.

Não creio que o Sr. Alessandro pensasse numa Providência feroz, mas com certeza não era um otimista. Na Providência ele acreditava, mas sabia que a vida é dura e cruel e que a Providência tanto pode consolar quanto provocar grandes aflições. E como não pode contentar todo mundo, ela faz o que faz seguindo planos que nós nunca conseguiremos entender.

Assim, ao recomendar que todos tenhamos confiança na Providência, o Sr. Alessandro limitou-se, de fato, a nos encorajar a querer bem os indefesos e a imitar os bons que, em sua história, trataram de ajudá-los. Vejam, parece dizer o Sr. Alessandro, embora o mundo não seja belo, e não escondi de vocês quaisquer de suas feiuras, seus dramas, suas dores e mortes, se cada um de nós conseguir ter um pouco de compaixão por nossos semelhantes, este mundo ficará um pouquinho, mesmo que seja só um pouquinho, menos feio.

Mais do que isso, esta história não nos ensina. E mais também não diz o Sr. Alessandro. E talvez seja por isso que, como contei lá no início, ele tinha o rosto bom como o de um cavalo triste.

Este livro é dedicado a Pietro

DE ONDE VEM ESTA HISTÓRIA

Alguns adultos, ao ver que vocês estão lendo esta história, vão sugerir que parem por aqui, porque *Os noivos*, o verdadeiro livro escrito por Alessandro Manzoni, é um tijolão, enfadonho e ilegível. Não deem ouvidos. Muitos pensam que *Os noivos* é maçante porque foram obrigados a lê-lo na escola por volta dos 14 anos, e todas as coisas que fazemos por obrigação são de esgotar a paciência. Pois eu contei esta história a vocês porque meu pai me deu o livro de presente bem *antes* e, assim, pude lê-lo com o mesmo prazer com que me dedicava a meus romances de aventuras. Exigiu mais esforço, é verdade, algumas descrições são muito longas e a gente só começa a apreciá-las depois de ter lido duas ou três vezes, mas posso garantir que o livro é apaixonante. Nem sei se ainda é obrigatório na escola: se tiverem a sorte de não ter que estudá-lo, tentem ler *Os noivos* por conta própria quando estiverem maiores. Vale a pena.

Para escrever a história, Alessandro Manzoni levou vinte anos. Começou em 1821 (pensem só, quase duzentos anos atrás) e acabou em 1840. A primeira história foi publicada em 1823 como *Fermo e Lucia*; mas Manzoni não ficou satisfeito e começou a reescrever o romance que, em 1827, saiu de novo, então como *Os noivos*. Mais uma vez, apesar do grande sucesso do livro, Manzoni não ficou contente. Levou mais 12 anos trabalhando nele e a edição definitiva saiu entre 1840 e 1842, com lindas ilustrações que Manzoni discutiu, uma por uma, com o desenhista, Gonin.

Nessa edição, Manzoni quis melhorar a língua e se inspirou no italiano tal como era falado em Florença (dizia que tinha "lavado seus panos no Arno"), para conseguir se fazer entender de um jeito claro e compreensível por todos os italianos, que, na época, falavam diversas formas diferentes da língua.

Mas a edição também obedecia a razões econômicas. De fato, naquela época ainda não eram muito claras as leis sobre direitos autorais, que rezam que quem escreveu um livro deve estar protegido por um contrato e receber pelo menos dez por cento de cada cópia vendida. Se alguém republicar a obra sem dizer nada ao autor e, portanto, sem lhe dar um tostão sequer, estaremos diante daquilo que se chama de *edição pirata*.

Pois bem, a edição de 1827 fez um sucesso tão grande que, no mesmo ano, foram feitas oito edições piratas e no prazo de dez anos surgiram pelo menos umas setenta, sem falar nas traduções para outras línguas. Imaginem, setenta edições, um monte de gente que lê o livro e diz "como é bom esse Manzoni" e o próprio, enquanto isso, não vê nem a sombra de um tostão.

Por isso, Manzoni pensou consigo: "Vou fazer uma nova edição e publicar um fascículo por semana, com ilustrações que ninguém vai conseguir copiar com facilidade. Assim, acho que dou um jeito nos piratas!"

Que nada: um editor de Nápoles conseguiu fazer fascículos piratas quase na mesma semana, e mais uma vez Manzoni, que tinha mandado imprimir uma grande quantidade de cópias, não só não ganhou nadinha, como ainda tirou dinheiro do próprio bolso para pagar as despesas da impressão. Ainda bem que era de boa família, embora não muito rico, se não teria morrido de fome.

E por que Manzoni, que até então tinha escrito belíssimos dramas em versos e poesias, resolveu dedicar tanto tempo a esta história, que parecia uma historinha boba, de dois namorados que não conseguem se casar, mas que finalmente dão um jeito? E por que contou uma história que se passava no século XVII, a séculos de distância de nós, e também dos leitores da época? Manzoni era, além de um bom escritor, um bom patriota: naqueles anos, a Itália ainda estava dividida, e a Lombardia, onde ele vivia, era dominada pelos austríacos. Eram os anos do Ressurgimento, que terminou com a reunificação da Itália como nação. Vocês já devem ter ouvido falar, pois estamos celebrando os 150 anos da unificação da Itália. E Manzoni, ao contar a história de uma Lombardia ocupada pelos estrangeiros (os quais, na época em que a história se passa, eram espanhóis e não austríacos), estava contando coisas que seus leitores viviam de perto.

Isso explica, em parte, o sucesso do livro, mas não explica por que ele conquistou também os leitores estrangeiros ou por que a história foi retomada nos anos 1970 pelo cinema, pela TV e até pelos quadrinhos (lembram de *Donald e Margarida,*

Os noivos?). Simplesmente porque se trata de uma bela história e não me venham mais com histórias!

Quando decidirem ler o livro, verão também que Manzoni finge que está copiando um velho caderno, descoberto quase por acaso: trata-se de um estratagema usado por muitos romancistas para dar ao leitor a impressão de que se trata de uma história verdadeira. Mas, na verdade, descobriu-se mais tarde que muitos dos personagens de que fala o romance, da monja de Monza ao Inominado, sem falar no cardeal Federigo e de outros, existiram de fato.

Enfim, *Os noivos* continua a ser importante para os leitores italianos porque na Itália, nos dois séculos antecedentes, não foram escritos romances de grande importância, enquanto na França, na Inglaterra e na Alemanha surgiam romances excepcionais. Pois bem, o livro de Manzoni foi o primeiro grande romance italiano e teve uma influência enorme sobre todos os escritores que vieram depois dele. Até sobre aqueles que achavam que ele era um tédio.

U. E.

UMBERTO ECO lecionou em muitas universidades e escreveu livros dificílimos para seus estudantes, que talvez vocês nunca leiam, mas isso não será problema. Depois, escreveu seis romances (o mais famoso é *O nome da rosa*) e tornou-se um dos escritores italianos vivos mais conhecidos em todo o mundo. Em vários países, recebeu 38 *lauree ad honorem*, ou seja, diplomas que, por sorte, a pessoa recebe sem ter que estudar, mas porque as pessoas gostaram do que foi escrito. No entanto, ninguém jamais leu seu primeiro conto, que ele escreveu aos 10 anos. Por que vocês não tentam escrever um também?

MARCO LORENZETTI nasceu em Sinigallia, em Marche, em 1970. Estudou e, depois de ter lecionado e feito pesquisas, descobriu que estava cada vez mais apaixonado por livros e pelo desenho. Agora frequenta o Master Ars in Fabula de Ilustração e Editoria, e vive e trabalha em Ancona.

Este projeto é dedicado a Achille, Aglaia, Arturo, Clara, Kostas, Olivia, Pietro, Samuele, Sandra, Sebastiano e Sofia.

Este livro foi composto nas tipologias
Bodoni Classic Chancery 36/72,
Bulmer MT Std 15/24, Garamond Premier Pro 14,5/18,
Helvetica Neue 14/18 e Script MT Std 72/144
e impresso em papel Lux Cream off-white 90g/m^2,
na Yangraf Gráfica e Editora